Der Kinderbuchbär Mit bunten Bildern

*Gunter Preuß*
wurde 1940 geboren. Er studierte am Literaturinstitut in Leipzig. Sein schriftstellerisches Schaffen wurde mehrfach ausgezeichnet.

*Silke Brix-Henker*
wurde 1951 in Schleswig-Holstein geboren.
Sie studierte an der Fachhochschule für Gestaltung in Hamburg.
Sie hat bereits zahlreiche Bilderbücher, Kinder- und Jugendbücher illustriert.
Außerdem arbeitet sie für die Fernsehserie Siebenstein.

Gunter Preuß

# Kleine Hexe Toscanella auf Schloß Edelstein

Mit farbigen Bildern
von Silke Brix-Henker

BENZIGER EDITION

Die Deutsche Bibliothek – CIP-Einheitsaufnahme

Kleine Hexe Toscanella auf Schloß Edelstein / Gunter Preuß.
Mit farbigen Bildern von Silke Brix-Henker.
- 1. Aufl. - Würzburg: Benziger Edition im Arena Verlag, 1995
(Der Kinderbuchbär: Mit bunten Bildern)
ISBN 3-401-07199-8

---

1. Auflage 1995

Einband und Illustrationen: Silke Brix-Henker
Gesamtherstellung: Westermann Druck Zwickau GmbH
ISBN 3-401-07199-8

Die kleine Hexe Toscanella Flieg-so-gern und der Hexerich Ernest vom Schloß Edelstein hatten sich bei einem Ausflug auf ihren Hexenbesen kennengelernt. In einer Vollmondnacht über dem Hexenwald waren sie sich begegnet. Toscanella hatte ihr Herz an Ernest verloren und Ernest seins an Toscanella.

Der feine Hexerich hatte von der liederlichen kleinen Hexe verlangt, daß sie sich gewaltig ändert. Vornehm wie die Prinzessin Graziella Eleganzia sollte sie werden. Toscanella war deshalb in die Hexenschule gegangen, und sie hatte sich gewaschen, die Haare frisiert und die Lippen rot angemalt. Inzwischen hatte Ernest Frack und Zylinder in die Ecke geworfen und war nun schmutziger und wilder als der Straßenräuber Lumpenhund.

So hatten sich also beide dem anderen zuliebe geändert. Aber nur für ganz kurze Zeit. Denn bald wollte jeder wieder so sein wie vorher. Aus Ernest wurde wieder der wohlerzogene feine Hexerich. Und Toscanella freute sich schon wieder auf ihr altes Lotterleben. Doch da sagte Ernest: »Liebes Fräulein Toscanella. Kommen Sö doch bötte möt auf mein Schloß. Dort wollen wör zusammen glücklöch werden.«
Und weil Toscanella Flieg-so-gern bis über ihren roten Haarschopf verliebt war, verließ sie ihr klappriges Hexenhäuschen und zog mit ihrem fetten Schwein Schlachtmich-nicht zu Ernest in das piekfeine Schloß Edelstein.

Toscanella und Ernest hatten Tag und Nacht knallrote Köpfe. Ihre Herzen schlugen »Tick-tack, tick-tack, zack, zack, zack!«. Wenn es im Hexenwald laut schmatzte, dann gaben sie sich gerade den dreihundertdreiunddreißigsten Kuß. Es kann aber auch der dreihundertvierunddreißigste gewesen sein. Wer kann schon so schnell zählen?
Und zwischendurch spielten die beiden Fangen.
Toscanella sang:

»Fängst du mich,
küss' ich dich,
kriegst mich nie,
tirilirili!«

Wenn die beiden auf Ernests Hexenbesen mit der vergoldeten Zehngangschaltung durch den rosaroten Himmel flogen, riefen alle Hexenwaldbewohner: »Teufel noch mal, muß Liebe schön sein!«
»Total einwandfrei!« riefen Toscanella und Ernest zurück. »Die Liebe ist süßer als Zuckerschlecken!«
Und »Schmatz!« – da küßten sie sich zum dreihundertfünfunddreißigsten Mal.

Das fette Schwein Schlacht-mich-nicht fand das neue Leben sehr übertrieben. Es grunzte: »Im Schloßpark ist nicht eine Schlammkuhle zu finden, in der ich mich schweinisch suhlen kann. Überall blitzt es vor Sauberkeit, daß es einem echten Schwein sauübel wird.«
Auch Toscanella fiel es nicht leicht, sich an das vornehme Leben zu gewöhnen. Ihr gefiel, daß sie die schönsten Kleider tragen konnte und nach Parfüm duftete. Aber das war auch schon alles. Sie sagte: »Was glaubst du wohl, Schlacht-mich-nicht, was die feinen Pinkel alles von mir verlangen!«
»Bestimmt keine Schweinereien«, sagte Schlacht-mich-nicht betrübt.
»Ich soll mir morgens und abends die Zähne putzen!« rief die kleine Hexe. »Und was ich mir alles waschen soll!«
Die Edelfräulein und Kammerdiener riefen im Chor: »Die Ohren, den Hals, das Bauchknöpfchen! Und bitte die kleinen Zehen nicht vergessen!«
»Ich wußte gar nicht, was ich alles an mir habe«, sagte Toscanella. »Verflucht und zugenäht, wieder aufgerissen und auf den nackten Arsch gefallen!«

Die Edelfräulein fielen in Ohnmacht, und die Kammerdiener bekamen Keuchhusten. Als sie sich etwas erholt hatten, sagten sie: »Fräulein Toscanella, Sie dürfen im Schloß weder fluchen, rülpsen noch weit spucken. Zum Essen müssen Sie pünktlich am Tisch sitzen. Und vergessen Sie nicht, die Serviette umzubinden.«
Und immer war der Hofmarschall Goldgebiß zur Stelle. Er verbeugte sich so tief, daß sein Kopf die Schuhspitzen berührte, und fragte: »Was beliebt das gnädige Fräulein zu wünschen?«
Toscanella Flieg-so-gern rülpste.
»Wie meinen Sie? Bitte wie? Bitte was?« fragte Goldgebiß.
»Wissen Sie, was ihr feinen Edelsteiner mich könnt?« fragte Toscanella.
»Neiiin!« rief der Hofmarschall. »Ich will es gar nicht wissen!«
Da spuckte Toscanella dreizehn Meter weit, einem Edelfräulein genau auf das linke Auge. Und dann setzte sich die kleine Hexe auf die Sonntagstorte, ließ die Beine baumeln und lachte, daß es in ihrem Bauch krabbelte.

Toscanella wurde wegen schrecklichen Benehmens in den Hungerturm gesperrt. Dort war es dunkel wie in einem Bärenpopo. Die Mäuse piepten vor Hunger Opernarien. Toscanella tobte und schrie: »Ernest! Ich will hier raus, verflucht und zugenäht!«

Ernest kam sogleich gerannt und befreite seine Freundin aus dem Turm. Er sagte: »Ach, Fräulein Toscanella, können Sö denn nöcht vornehm sein wie alle anderen Schloßbewohner?«

»Nein! Nein! Nein!« schrie Toscanella Flieg-so-gern. »Kann ich nicht, nicht, nicht!«

»Mör zulöbe«, bat Ernest. »Öch bötte sehr.«

»Aber es war ausgemacht, daß jeder so bleiben darf, wie er ist«, entgegnete Toscanella. »Du bleibst ein feiner Pinkel. Und ich bleibe eine freche Hexe.«

Da wurde der Himmel auf einmal strahlend hell. Prinzessin Graziella Eleganzia beugte sich aus dem Fenster ihrer weißen Kutsche, die von sieben weißen Hexenbesen gezogen wurde. Die Prinzessin glitzerte und funkelte, denn sie trug ein Kleid und eine Krone aus weißen Edelsteinen. Sie rief: »Monsieur Ernest, iesch bien iehmer die deine!« Und sie ließ auf Ernest weiße Rosen regnen.

Toscanella stemmte die Hände in die Hüften und schrie: »Na, wie finde ich denn das! Äußerst brutal! Absolut barbarisch!«
»Verschwiehnden Sie, Sie duhmes Ding!« rief Prinzessin Graziella Eleganzia aus ihrer Kutsche. »Monsieur Ernest wiehrd doch der meihne!«
»Hau ab, du Schneeziege!« schrie Toscanella. Sie wollte

sich schon auf ihren Hexenbesen schwingen und der Prinzessin die weiße Perücke vom Kopf reißen; aber da war Graziella Eleganzia schon davongeflogen.
»Na so was, na so was«, schimpfte die kleine Hexe. »Kommt einfach dahergesegelt und will mir meinen Freund wegschnappen. Aber nicht mit mir, sage ich.«
Da fiel Ernest vor seiner Freundin auf die Knie und überreichte ihr die Rose Liebe-mich.
Das gefiel der kleinen Hexe. Sie sagte: »Na schön. Ich werde vornehmer als die Prinzessin Graziella Eleganzia. Versuchen kann ich es ja.«

Als Toscanella nach so einem vornehmen Tag in ihrem Himmelbett lag, stöhnte sie über das feine Leben und fand es sehr brutal. Ihr fettes Schwein Schlacht-mich-nicht lag neben ihr und grunzte: »Jaja, so was kommt von diesen Übertreibungen. Wie schön schmutzig war es doch in unserem Hexenhäuschen. Da konnte man sich noch benehmen wie ein Schwein und fühlte sich sauwohl.«
»Ach, halten Sie doch die Schweineschnauze, Schlacht-mich-nicht«, erwiderte Toscanella. »Ich will davon nichts mehr hören. Das ist vergangen und vergessen. Ich liebe Ernest vom Schloß Edelstein, und wo man liebt, da lebt man auch. Schlafen Sie wohl, Sie Sau.«
»Gute Nacht, Toscanella. Grunz, grunz – chrrr . . .«

Die Eltern von Ernest bewegten sich stocksteif vor lauter Vornehmheit. Der Vater war Carolus vom Schloß Edelstein. Er galt als der berühmteste Hexer im Hexenwald. Er konnte sich in jedes Tier verwandeln. Am liebsten stolzierte er als Storch durch die Gegend und fraß fette Laubfrösche.
Ernests Mutter Schwanhilde war keine richtige Hexe. Sie war einmal eine Fee gewesen und von Carolus vom Edelstein verhext und geraubt worden. Schwanhilde konnte nicht einmal auf einem Hexenbesen fliegen. Sie saß den lieben langen Tag vor einem goldenen Spiegel, um zu sehen, wie sie immer schöner wurde.

Eines Morgens riefen Ernests Eltern ihren Sohn und seine Freundin zu sich. Die Eltern saßen auf ihrem hohen Thron und sahen auf die beiden herab.

Carolus vom Schloß Edelstein klapperte nervös mit dem Storchenschnabel. Seine Frau Schwanhilde kreischte und stopfte sich sogleich Hexenpech in die Ohren. Sie sagte: »Carolus, müssen Sie immerzu als lahmer Storch herumlaufen? Sie könnten endlich wieder einmal ein Löwe sein.«
»Seien Sie doch bitte nicht albern, Schwanhilde«, entgegnete Carolus. »Ich bin nun mal für mein Leben gern ein Storch. Nichts kitzelt so schön den langen Hals wie Laubfrösche.«
Frau Schwanhilde stöhnte. »Dieser Storch ist nicht zum Aushalten. Nun leide ich schon am frühen Morgen wieder an Kopfweh.«
»Meine Eltern, Sö wünschen uns zu sehen«, sagte Ernest und verbeugte sich. Toscanella Flieg-so-gern machte einen Knicks, wie ihn ihr die Edelfräulein beigebracht hatten.
»Wir haben euch etwas mitzuteilen«, sagte Carolus vom Edelstein.
»Etwas sehr, sehr Wichtiges«, ergänzte seine Frau.
»Sagen Sie es doch endlich«, verlangte Toscanella. »Sonst ist der schöne Tag herum, bevor er überhaupt angefangen hat.«
»Sie sind immer noch so schrecklich direkt, meine Liebe«, rügte Schwanhilde. »Sie müssen endlich lernen, sich so vorzüglich zu benehmen wie die Prinzessin Graziella Eleganzia. Ich würde es ohnehin lieber sehen, wenn mein Sohn diese Dame zur Freundin hätte.«
»Was soll ich denn noch alles tun?« fragte da Toscanella.

»Ich mache doch schon alles, was diese dummen Gänse – Entschuldigung, was die Edelfräulein von mir verlangen. Ich kann mich schon gar nicht mehr erinnern, wann ich zum letztenmal gerülpst, geflucht und gepopelt habe. Und im Weitspucken schaffe ich bestimmt nicht einmal mehr drei Meter.«
»Kurz und gut«, sagte der Schloßherr. »So kann es mit euch beiden nicht weitergehen. Im ganzen Hexenwald wird schon über euch geredet. Immerzu diese Küsserei. Vor lauter Schmatzen höre ich die Frösche nicht mehr quaken. Nun, ihr müßt euch verloben.«
Toscanella rief: »Brutal! Ist Verlobtsein nicht gefährlich? Meine Eltern waren auch mal verlobt. Und bevor sie verschwunden sind, haben sie sich Tag und Nacht die Bratpfannen an den Kopf geworfen.«
»Reden Sie doch bitte nicht solchen Unsinn, Fräulein Toscanella«, rügte Frau Schwanhilde. »Verheiratet sein ist viel schlimmer. Und Sie sehen – ich lebe auch noch.«
Ernest meinte: »Wie Sö wünschen, Herr Vater. Wann soll dö große Feier stattfönden?«
»Heute abend!« befahl Carolus vom Schloß Edelstein. Und er flog sogleich aus dem Fenster zum Schloßteich hinunter,

um einen fetten Frosch zu fangen. Schwanhilde zog sich das Hexenpech aus den Ohren. Sie schwebte vom Thron und trippelte zu ihrem goldenen Spiegel, um zu sehen, ob sie wieder ein bißchen schöner geworden war.

»Brutal!« rief Toscanella abermals. »Barbarisch überraschend das Ganze! Muß so was denn sein?«
»Aber ja, meine Liebe«, sagte Ernest. »Öch meine auch, daß unsere Liebe öhre Ordnung haben muß.«
»Na so was, na so was«, sagte die kleine Hexe. »Davon habe ich noch nie gehört, daß Liebe ordentlich sein muß. Da muß ich mich doch verdammt stark wundern.«
»Bötte, Fräulein Toscanella«, sagte Ernest. »Sö haben versprochen, ein wenig vornehmer zu werden. Sonst werde öch noch möt Prinzessin Graziella Eleganzia verlobt.«
»Na, diese Schneeziege soll dich nicht bekommen!« rief Toscanella Flieg-so-gern. »Die soll sich in ihrer Vornehmheit einmotten lassen!«
»Magnifique«, sagte Ernest vom Schloß Edelstein auf französisch. Das galt als besonders vornehm, seit die Prinzessin Graziella Eleganzia auf einer französischen Hexenschule erzogen worden war. »Herrlöch. Öch freue möch. Sö sagen also ja, Mademoiselle Toscanella?«
»Mal sehen«, antwortete die kleine Hexe. »Lassen wir uns doch überraschen, Ernest.«

Als Toscanella Flieg-so-gern ihrem Schwein die neueste Nachricht erzählte, rief Schlacht-mich-nicht: »So eine Verlobung ist doch etwas sehr Übertriebenes! Ich war schon siebenmal verliebt und habe mich nie verlobt. Grunz, waren das schöne fette Schweine. Leider sind sie inzwischen zu Schinken und Kotelett verarbeitet worden.«
Und Schlacht-mich-nicht drückte sieben Tränen aus jedem Auge.
»Ernest meint, was sein muß, muß sein«, sagte Toscanella.
»Also verlobe ich mich eben. Vielleicht ist das Verlobtsein ganz spannend.«

Die Edelfräulein kamen und steckten Toscanella in eine goldene Badewanne. Ernests Mutter hatte angeordnet, daß die Freundin ihres Sohnes in Eselsmilch baden sollte, damit sie schöner würde als Prinzessin Graziella Eleganzia.
»Muß ich denn schon wieder baden?« rief Toscanella. »Ich habe schon eine ganz dünne Haut! Ich hasse das Schönseinmüssen!«
»Halten Sie bitte den Mund, gnädiges Fräulein«, sagten die Edelfräulein. Die Damen drückten Toscanellas Kopf in die Eselsmilch. Sie frottierten sie ab, kämmten ihr die Haare und schnitten die Finger- und Zehennägel kurz.
»Ich mag das nicht!« schrie Toscanella. »Hilfe, ich bin doch kein Hexenbaby mehr!«

»Wollen Sie etwa wie Ihr Schwein aussehen?« fragten die Edelfräulein und hüllten Toscanella in eine Wolke von Duftpuder.
»Hilfe, ich ersticke! Ich hab' genug! Ich will nicht mehr! Schluß, aus, Ende!«
Doch keiner kümmerte sich um Toscanellas Geschrei.

Im Hexenwald hörten alle Hexen, Hexeriche, Riesen, Zwerge und Tiere die Fanfaren der Schloßgarde. Und dann verkündete der Hofmarschall mit Donnerstimme: »Die Herrschaft gibt sich die Ehre, alle Bewohner des Hexenwaldes zum heutigen Abend ins Schloß Edelstein einzula-

den! Es soll die Verlobung unseres gnädigen jungen Herrn Ernest mit Fräulein Toscanella Flieg-so-gern gefeiert werden! Zu essen gibt es Giftpilzpfanne, Schneckensalat und geräucherten Mäuseschinken! Getrunken wird edler Hummelschnaps und Gänseblümchenwein!«
Da lief allen das Wasser im Mund zusammen. Dem Riesen Entwurzle-jeden-Baum tropfte der Zahn, daß der Zwerg Drei-Käse-hoch bis zum Bauch im Wasser stand. Und jeder machte sich schön für die große Feier.
Endlich ließen die Edelfräulein von Toscanella ab. Sie meinten, die kleine Hexe sähe nun wirklich allerliebst aus. Toscanella hatte ein weißes Seidenkleid an, auf das die Spinne Langer-Faden die schönsten Muster gestickt hatte. Sie trug vergoldete Schuhe aus Ameisenleder. Ihre roten Haare standen wunderbar steif zu Berge. Und die Sommersprossen auf ihrer Stupsnase glänzten wie frisch gebohnert.
»Schöner kann man sie beim besten Willen nicht machen«, sagten die Edelfräulein. »Unser junger Herr hat nun einmal einen sehr ausgefallenen Geschmack.«
»Vergackert euch, ihr gerupften Hühner!« rief Toscanella, die für einen Augenblick ihr gutes Benehmen vergaß. »Ich bin mir schön genug! Und das ist die Hauptsache!«
Die kleine Hexe warf mit Puderdosen, Cremetuben, Parfümflaschen und all dem Schönheitskrimskrams nach den Edelfräulein, die kreischend davonrannten.

Toscanella Flieg-so-gern stellte sich an das Fenster ihres Zimmers und überlegte, ob es richtig war, sich zu verloben. Sie sah in den Schloßpark, in dem sich mehr und mehr Gäste versammelten. Alle freuten sich, daß die arme Toscanella und nicht die reiche Prinzessin Graziella Eleganzia den feinen Ernest zum Mann bekommen sollte.
Die kleine Hexe erinnerte sich an vergangene Tage, an ihr Leben mit Schlacht-mich-nicht im klapprigen Hexenhäuschen. Und sie fragte sich: »Sag mal, Toscanella, wirst du jemals so vornehm werden, daß du zu den Edelsteinern ins Schloß paßt?«
Am liebsten hätte sie im letzten Moment die Verlobung abgesagt.
Doch da hörte sie aus dem Zimmer nebenan Ernests Stimme. Er sang leise ein Lied für Toscanella.
Da vergaß die kleine Hexe ihre Sorgen und freute sich auf die Verlobung.

Es war ein Sommerabend wie aus blauem Samt. Ein warmer Wind trug Blütenduft zum Schloß Edelstein. Der Mond war groß und rund. Er überpinselte Mann und Maus mit seinem Licht, daß alles wie vergoldet aussah.

Die Verlobungsfeier fand im Schloßpark statt. Alle waren sie gekommen: Toscanellas Großmutter Zieh-jeden-Zahn, Lehrer Weißgott, der Riese Entwurzle-jeden-Baum, die Zwerge, die Hexenkinder Ratzebatz, Eulenauge und Grüne Minna, die Meise Blau-wie-der-Enzian, die Elster Schwatzen-ist-schön und viele mehr. Nur Toscanellas Eltern, die sich irgendwo in der weiten Welt herumtrieben, waren wieder einmal nicht da.

Der Park war mit Blütengirlanden und Sträußen aus Glühwürmchen geschmückt. Auf einem Lindenbaum saß eine Zwergenkapelle und spielte die neuesten Hexenschlager. Die Schloßdiener schenkten Hummelschnaps aus und verteilten Portionen aus der Giftpilzpfanne.

Carolus vom Schloß Edelstein hatte seinen Thron zum Froschteich tragen lassen und saß mit seiner Frau Schwanhilde darauf. Zur Feier des Tages war Ernests Vater in

seiner eigenen Gestalt erschienen: Er war ein ziemlich alter und mickriger Hexerich, der seine Zähne nicht im Mund, sondern in der Hosentasche seiner Husarenuniform trug. Frau Schwanhilde schimpfte mit ihrem Mann. Sie meinte, daß er sich doch in einen hübschen jungen Hexerich verwandeln sollte.
»Nein, das tue ich nicht, meine Werteste«, entgegnete der Schloßherr. »Ab und zu muß ich auch einmal ich selbst sein. Es reicht doch, wenn Sie, meine geliebte Gattin, so schön sind.«
»Bötte, hören Sö doch möt streiten auf, meine Eltern«, bat Ernest. »Was sollen denn dö Gäste und Fräulein Toscanella von Öhnen denken.«
»Keine Bange«, meinte Toscanella. »Ich denke, je älter die Hexenleute werden, um so weniger mögen sie sich.«
»Das soll uns nöcht passieren«, sagte Ernest und hob die rechte Hand zum Schwur. »Wör werden uns ömmer lieben!«
Da fuhr die siebenspännige weiße Kutsche der Prinzessin Graziella Eleganzia vor. Die Prinzessin stieg aus, und sie glitzerte und glänzte, daß alle von ihrer Pracht geblendet waren und riefen: »Ohohoho, wie schön sie ist! Wie vornehm sie sich bewegt!«
Und ganz schwindlig wurde ihnen, als sie das Pariser Parfüm rochen. Die Prinzessin stellte sich vor Ernest, klimperte auf ihrer weißen Mandoline und sang:

»Monsieur Ernest, iesch biehtte sähr,
Sie sollen jätzt keihnen Fähler machen,
wollen Sie miesch denn nun nieschtt mähr,
alle Vornehmen wärden Sie verlachen,
wänn Sie diehse Doscanella nähmen,
dann müssen Sie siesch ewiesch schämen.«

Die Prinzessin wollte weitersingen, aber Toscanella riß ihr die Mandoline aus der Hand und rief: »So eine falsche Schneeziege! Da kann man doch jedes gute Benehmen vergessen! Jetzt hau' ich dir aber den Arsch voll, Graziella Eleganzia!«

»Sie wärden nie so vornähm wie iesch!« erwiderte die Prinzessin und sprang in ihre weiße Kutsche. »Hüaho, ihr Bäsen!« kommandierte sie. Die Kutsche erhob sich schnell in die Lüfte. Die Prinzessin rief: »Wier sprächen uns noch, Doscanella!«

»Worauf du dich verlassen kannst«, meinte die kleine Hexe.

Die Hexenwaldbewohner tuschelten und wisperten. Sie steckten ihre Köpfe so dicht zusammen, daß es qualmte.
Frau Schwanhilde knuffte ihren Mann in die Seite. Da sprang der Schloßherr auf und rief: »Hiermit gebe ich, Carolus vom Schloß Edelstein, der größte Hexenmeister aller Zeiten, die Verlobung meines einzigartigen Sohnes Ernest mit Fräulein Toscanella Flieg-so-gern bekannt! Sollen die beiden doch glücklich werden!«
Toscanella und Ernest wurden rot wie Fliegenpilze. Die Gäste schrien: »Siebenmal hoch und einmal runter, niemals müde, immer munter!« und klatschten Beifall. Die Verlobten steckten einander die Verlobungsringe auf die Nasenspitzen.

Nun trat Lehrer Weißgott vor, der Toscanella in der Hexenschule das Hexeneinmaleins beigebracht hatte. Er nickte mit seinem Kürbiskopf und sprach:

»Ihr Hexenvolk, jetzt seid mal still,
hört zu, was Weißgott nun sagen will!

Das Leben ist nicht nur Händchenhalten,
denn mit der Zeit kriegt jeder Falten.
Eine Verlobung ist ganz gut und schön,
zwei wollen ihren Lebensweg gemeinsam gehn.
Doch so ein Weg ist schief und krumm,
oft weiß keiner weiter, ach, wie dumm . . .«

»Jetzt halt aber mal deine Klappe, Weißgott!« rief da die Großmutter Zieh-jeden-Zahn und drängelte sich zu ihrem Enkelkind durch. Sie sagte: »Laß dir gratulieren, Toscanella, kleines Miststück. Ich habe dir aus meiner Zahnziehpraxis ein Geschenk mitgebracht: den Weisheitszahn des Riesen Entwurzle-jeden-Baum. Ist der nicht einzigartig!«
»Brutal!« rief Toscanella, als sie den Zahn sah, der felsengroß war.

Natürlich freute sich Toscanella. Aber sie sah auch immer wieder in den Himmel, ob nicht doch noch zwei Hexenbesen geflogen kamen. Sie hoffte noch immer auf ihre Eltern. Wenigstens heute könnten sie sich doch an ihr Kind erinnern, dachte die kleine Hexe.
Da schnaufte die Schneckenpost aus dem Wald und brachte Toscanella ein Glückwunschtelegramm. Die kleine Hexe las: »Kommen nicht möglich. Galavorstellung auf dem Zuckerhut in Brasilien. Die besten Hexengrüße zur Verlobung. Deine Rabeneltern.«
»Sei nöcht traurig, Toscanella«, tröstete Ernest. »Du hast ja möch. Und öch habe döch. Was wollen wör noch mehr.«
Toscanella verschluckte tapfer einen halben Liter Tränen.

Der Hofmarschall rief: »Auf zum Tanz! Die Zwergenkapelle Links-wie-rechts-herum spielt den Hexenwalder Verlobungsmarsch! Aufgepaßt: Jetzt das linke Bein, nun das rechte Bein – vor, zurück, zur Seite, ran!«
»Darf öch zum Tanz bötten, liebste Toscanella.«
»Aber klar doch, lieber Ernest.«
Toscanella tanzte mit Ernest. Großmutter Zieh-jeden-Zahn schwenkte Carolus vom Schloß Edelstein durch den Park. Schwein Schlacht-mich-nicht hielt Frau Schwanhilde zwischen den Eisbeinen. Lehrer Weißgott umarmte sich selbst und drehte sich wie ein Brummkreisel. Der Riese Entwurz-

le-jeden-Baum hatte sich die Zwergin Klein-aber-oho ins Knopfloch gesteckt und stampfte tiefe Löcher in die Erde. Die Meise Blau-wie-der-Enzian trippelte mit der Maus Bin-arm-und-hungrig zwischen den Beinen der anderen hindurch. Und die Edelfräulein hüpften um den Hofmarschall Goldgebiß herum.

Bis zum Morgen wurde gefeiert. Dann lagen alle wie Käfer auf dem Rücken und schnarchten, daß der Hexenwald wackelte.
Toscanella und Ernest aber drehten auf dem Hexenbesen ein paar Runden im siebenten Himmel. Und sie konnten nicht genug staunen, daß sie jetzt miteinander verlobt waren.
»Böst du glücklöch, Toscanella?«
»Wie verrückt. Und du, Ernest?«
»Öch kann dör gar nöcht sagen, wie froh öch bön.«
»Versuch es doch einfach mal. Na los doch, sag es mir, Ernest.«
»Mein – Häsölein . . .«
»Mehr, Karpfenmäulchen, mehr.«
»Du böst mein allerliebstes . . .«
»Ja, ja, was denn, sag's doch.«
»Toscanella, du böst mein allerlöbstes Wuschelbuschel.«
»Wuschelbuschel! Hilfe, ich sterbe! Verlobtsein ist total verrückt!«

Auch in den nächsten Tagen waren die beiden immer zusammen. Am liebsten saßen sie auf Ernests Hexenbesen und ließen sich durch den blauen Himmel treiben. Oder sie tauchten im Schloßteich zusammen nach Edelsteinen.
»Hier, sieh mal, Ernest, wie der übers Wasser springt! Wirf doch auch mal!«
»Schau doch, mein Wuschelbuschel, diesen besonders wertvollen Diamanten schenke öch dör! Er sieht aus wie mein Herz.«
Danach hexten sie ein bißchen: Sie ließen eine Springmaus unter die elf Reifröcke der Edelfräulein huschen, die dann kreischend im Schloß herumsprangen. Oder sie hexten dem Hofmarschall Blähungen in den Bauch, so daß er sich für das Geknatter ständig entschuldigen mußte: »Verzeihung! Pardon! Sorry! Tut mir leid!«
Nach dem Mittagessen ruhten die Schloßbewohner. Auch Toscanella schlief ein Stündchen und träumte von Ernest. Nachmittags flogen die Verlobten mit dem Hexenbesen aus, oder sie spielten mit Schlacht-mich-nicht Federball.

Am schönsten waren für die kleine Hexe die Abende. Wenn die Sonne unter- und der Mond aufging und die Sterne ihre Bilder zeigten. Dann schwatzte es nur noch leise aus dem nahen Hexenwald. Die Zwerge erzählten ihren Kindern Gutenachtgeschichten. Die Vögel zwitscherten sich in den

Schlaf. Und das Schnarchen des Riesen Entwurzle-jeden-Baum klang wie das Rauschen einer Meeresbrandung. Toscanella und Ernest setzten sich in den alten Lindenbaum, der auf dem Schloßhof stand. Und so viele Blätter der Baum hatte, so viele Geschichten waren in ihm verborgen. Man mußte nur ein Blatt abreißen, und der Baum erzählte ein Märchen von den Bewohnern des Hexenwaldes. Während Toscanella und Ernest dem Baum zuhörten, steckten sie einander die süßesten Waldbeeren in den Mund.

Sie meinten, bis in alle Ewigkeit so weiterleben zu können. Der verliebte Hexerich sagte: »Toscanella, mein gelöbtes Wuschelbuschel, öch schwöre dör, daß öch döch ewög lieben werde.«
Und die kleine Hexe antwortete: »Ernest, du bist mein ein und alles.«
Aber wie sagte doch Lehrer Weißgott in der Hexenschule zu seinen Schülern:

»Denken kann man jede Menge
und rechnen kreuz und quer,
vorher ist man schlau,
doch klüger immer hinterher.«

Toscanella Flieg-so-gern konnte sich jetzt fast so vornehm benehmen wie Prinzessin Graziella Eleganzia. Nur so fein sprechen konnte sie noch nicht. Statt »Iesch liebe diesch« sagte sie immer noch »Ich liebe dich«. Schließlich hatte Toscanella auch keine französische Hexenschule besucht. Doch die Schloßbewohner waren mit der kleinen Hexe jetzt recht zufrieden.
Wenn Toscanella einen Wunsch hatte, wurde er sofort erfüllt. Hatte sie Appetit auf einen Hexenwaldeisbecher – schon stellte ein Diener ihr einen auf den Tisch. Wünschte sie sich ein Kleid aus goldenen Spinnweben – schon halfen die Edelfräulein ihr beim Anziehen. Wollte sie einen neuen Hexenbesen – schon parkte das teuerste Sportmodell vor der Schloßtür. Und wenn es regnete, hexte Carolus vom Edelstein sofort die Wolken weg.
Trotzdem langweilte sich Toscanella nun immer öfter. Auf nichts mehr hatte sie Appetit. Selbst die buntesten Pfannkuchen aus dem Zwergencafé Süß-und-fett wollten ihr nicht mehr schmecken. All den Schmuck und die neuen Kleider hätte sie gern in die Ecke geworfen.
Wenn Toscanella und ihr Schwein allein waren, seufzte sie. »Ach, Schlacht-mich-nicht, weißt du noch, als wir in unserem klapprigen Hexenhäuschen wohnten . . . ?«
»Ja doch«, sagte das fette Schwein, das einen schwarzen Anzug und Schweinslederstiefel tragen mußte. »Das waren

noch Zeiten. Da hatte man wenigstens noch Hunger und wollte sich vollfressen. Aber jetzt paßt ja nichts mehr rein in den Wanst.«

»O ja«, sagte Toscanella. »Wir waren arm wie die Maus Bin-arm-und-hungrig. Aber gelangweilt haben wir uns nie.«

»Du sagst es«, bestätigte Schlacht-mich-nicht. »Ich sage dir, wir werden noch ganz dumm und dämlich von diesen Übertreibungen.«
»Psst, Schlacht-mich-nicht. Goldgebiß hört und sieht alles. Wenn wir uns nicht gut benehmen, werden wir in den dunklen Hungerturm gesperrt.«

Eines schönen Morgens sattelte Ernest seinen Hexenbesen für einen Ausflug. Toscanella gähnte. Sie hatte heute gar keine Lust zum Fliegen. Am liebsten wäre sie in ihrem Himmelbett liegengeblieben und hätte sich die Bettdecke über den Kopf gezogen.
Die kleine Hexe blickte aus dem Fenster zum Himmel und entdeckte den Hofmarschall auf dem Wachtturm. Goldge-

biß sah Tag und Nacht durch sein sieben Meter langes Fernrohr. Vor allem beobachtete er die beiden Verlobten. Bei jedem Kuß machte er einen Strich in das Schloßtagebuch. Er schrieb alles auf, was im und um Schloß Edelstein geschah: Wie viele Briefe die Schneckenpost brachte. Wie lange die Schloßherrin ihr Näschen puderte. Wie viele Frösche der Schloßherr verschluckte. Welche Edelfräulein einander an den Perücken rissen. Wie oft die Kammerdiener auf das versilberte Plumpsklo mußten. Und ob Sonne und Mond besonders hell oder etwas dunkler schienen.

»Fertög?« fragte Ernest. »Wör können losfliegen, mein Wuschelbuschel.«

Ernest wollte Toscanella umarmen. Aber sie drückte ihn weg und hustete laut.

»Hast du döch erkältet, Toscanella?« fragte Ernest besorgt. »Du solltest dör einen starken Göftpölztee servieren lassen. Der hölft ömmer.«

»Dieser Hofmarschall beobachtet uns schon wieder«, sagte die kleine Hexe.

»Laß öhn doch«, meinte Ernest. »Möch stört das nöcht. Einer muß aufpassen, daß nöchts passiert.«

»Aber mich stört es«, widersprach Toscanella. »Ich will nicht, daß mir immer einer unters Hemd guckt. Und von mir aus kann endlich auch mal was passieren.«

Toscanella Flieg-so-gern formte die Hände vor dem Mund

zum Sprachrohr und rief: »He, Goldgebiß! Gucken Sie doch in den Bärenpopo! Aber ich will von Ihnen nicht mehr belästigt werden!«
Der Hofmarschall richtete sein Fernrohr auf den Hexenwald; aber bald hatte er wieder die Verlobten im Blick.
»Was regst du döch so auf, mein Wuschelbuschel?« fragte Ernest. »Es göbt doch überhaupt keinen Grund.«
»Können wir nicht einmal etwas anderes unternehmen?« sagte Toscanella zu Ernest.
»Bötte, was denn anderes?« fragte Ernest.
»Keine Ahnung«, antwortete Toscanella. »Eben was anderes.«
»Was öst denn möt dör los, Toscanella?«
»Ich weiß nicht. Der Kopf tut mir ein bißchen weh. Und mein Blinddarm quiekt.«

»Du spönnst nur wieder einmal ein bößchen«, versuchte Ernest sie zu beruhigen. »Es öst doch alles ön bester Ordnung.«
Toscanella setzte sich hinter Ernest auf den Hexenbesen. Ernest legte den vierten Gang ein, und sie rauschten über den Hexenwald hinweg.
»Das öst doch wundervoll!« rief Ernest. »Flögen öst doch das schönste öm Leben!«
»Ja, ja«, sagte Toscanella. Und zu sich selbst sagte sie: »Mir ist, als hätte ich etwas Wichtiges verloren. Also entweder ich spinne, oder ich habe Mumps oder die Masern.«

Toscanella Flieg-so-gern fühlte sich von Tag zu Tag schlechter. Nichts konnte ihr mehr Freude machen. Nicht Fliegen. Nicht Händchenhalten. Ja, nicht einmal die Küsse schmeckten so süß wie früher.

Da flog Toscanella zu Großmutter Zieh-jeden-Zahn. In der Zahnziehpraxis warteten wohl zwanzig Bewohner des Hexenwaldes. Alle jammerten vor Angst und Schmerzen. Nur die Maus Bin-arm-und-hungrig pfiff ein Liedchen. Sie hatte im Hexenwaldlotto gewonnen und wollte sich ihre Nagezähne vergolden lassen.

»Du kommst wie gerufen«, sagte die Großmutter zu ihrer Enkelin. »Nimm diesen Jammerlappen, der sich Riese nennt, bei den Ohren. Der Feigling zuckt zurück, wenn ich nur die Zahnziehzange in die Hände nehme.«

Toscanella half der Großmutter beim Zahnziehen. Fast hätte sie bei dem Gejammer ihre eigenen Sorgen vergessen. Als kein Patient mehr da war, sagte die alte Hexe: »Nun bist du dran, meine Süße. Wo tut's denn weh?«

Toscanella tippte sich auf die Brust, wo das Herz sitzt.

»Liebeskummer?« fragte Großmutter Zieh-jeden-Zahn. »Habt ihr euch gekracht, du und dein feiner Ernest?«

»Unsinn«, sagte die kleine Hexe. »Ich habe keine Ahnung, was mit mir ist. Mir geht es doch gut und noch besser. Und trotzdem – ich fühle mich elend. Hast du eine Medizin für mich, die schnell hilft?«

»Gegen so was gibt's keine Medizin«, meinte die alte Hexe.
»Was ist denn so was, Großmutter?«
»So was ist so was, du Satansbraten. Du mußt schon selber herausfinden, was mit dir nicht stimmt. Ich fürchte, da kann dir keiner helfen.«
Toscanella war enttäuscht und wütend. Sie schrie: »Du bist eben doch nur alt und kein bißchen klug geworden!«
»Leckematüdebouillon«, sagte Großmutter Zieh-jeden-Zahn, was soviel heißt wie »Du kannst mich mal gern haben.«
»Danke, gleichfalls!« rief Toscanella. Sie schwang sich auf ihren Besen und flog schnurstracks davon.

Toscanella Flieg-so-gern wollte aber unbedingt wissen, was mit ihr nicht in Ordnung war. Sie dachte: Schau mal bei Lehrer Weißgott vorbei. Er will doch immer alles besser wissen. Jetzt soll er es beweisen.

Toscanella flog zur ehemaligen Raubritterburg, die jetzt als Hexenschule diente. In aller Eile rauschte sie durch das offenstehende Fenster in das Klassenzimmer. Die Schüler sprangen erschrocken von ihren Sitzen, verhexten sich in Bienen und surrten davon.

Lehrer Weißgott hob abwehrend die Hände. Er rief: »Nein, o nein! Toscanella Flieg-so-gern! Dich habe ich doch, dem Teufel sei Dank, längst aus der Schule entlassen!«

Weißgott erinnerte sich mit Bauchschmerzen an Toscanellas Schulzeit, in der sie viel Unruhe gestiftet und ihn mit ihrem andauernden »Warum?« gequält hatte.

Toscanella stampfte mit dem Fuß auf und rief: »Sie haben aber gesagt: Solltest du etwas wissen wollen, kannst du jederzeit wieder in die Schule kommen!«

»Ich sagte aber auch: Bitte, bitte, nur nicht so bald«, entgegnete der Lehrer.

»Was sein muß, muß sein«, meinte die kleine Hexe. »Wozu sind Sie denn Lehrer, wenn Sie von nichts eine Ahnung haben?«

»Ich habe Ahnung!« rief Weißgott ärgerlich. »Aber komm mir nur nicht wieder mit deinem endlosen *Warum?«*

»Warum?« fragte Toscanella unbeirrt. »Warum geht es mir gut und doch schlecht? Warum habe ich alles, und doch fehlt mir was? Warum, warum? Warum finde ich das Leben dumm?«
Lehrer Weißgott verschränkte die Hände auf dem Rücken. Er schüttelte den Kürbiskopf und lief im Klassenzimmer auf und ab.
»Ja, was ist denn nun?« rief Toscanella. »Haben Sie nun eine Antwort, oder nicht?«

»Ruhe, zum Donnerwetter! Ich muß nachdenken!«
Und Weißgott dachte so angestrengt nach, daß sein Kopf glühte und der Schweiß in Bächen von seiner Stirn floß.
»Hätten Sie vorgedacht, müßten Sie jetzt nicht nachdenken«, schimpfte die kleine Hexe. »Ich stehe mir noch einen Bruch in die Ohren.«
Schließlich blieb der Lehrer vor Toscanella stehen und sagte: »Aufgepaßt, Toscanella Flieg-so-gern.«
»Jawohl, Weißgott!« Toscanella knallte die Hacken ihrer Reitstiefel zusammen, daß es knallte.
Der Lehrer rief:

»Immer willst du alles wissen,
keine Antwort kannst du missen,
willst schlauer als dein Lehrer sein,
das finde ich doch sehr gemein.
Doch ich kann dir nur dieses sagen:
Wer gewinnen will, muß wagen.
Also tue dies und lasse das,
frag nicht soviel warum und was.
Gib deinem Lehrer seine Ruh,
Adieu, bis später, sieh mal zu.«

Damit drängte Weißgott seine ehemalige Schülerin aus der Schule.
Toscanella war so schlau wie zuvor. Sie bestieg den Hexenbesen und schrie: »Brutal so was! Absolut barbarisch!«

Vor Edelstein warteten alle Schloßbewohner auf Toscanellas Rückkehr. Hofmarschall Goldgebiß sah durch sein Fernrohr in alle Himmelsrichtungen. Die Edelfräulein trippelten auf der Stelle und tuschelten und wisperten.

»Wissen Sie, was mit dieser Toscanella Flieg-so-gern eigentlich los ist?«

»Man sagt, sie hätte sich in den rothaarigen Zwerg Ich-liebe-alle-Frauen verknallt.«

»Unsinn. Das gnädige Fräulein hat nur einen großen Vogel. Wenn Sie wissen, was ich meine.«

Frau Schwanhilde sah seufzend in ihren Taschenspiegel und meinte: »Wenn Fräulein Toscanella sich einfach auf den Besen setzen und davonfliegen darf, dann will ich das auch.«

Ihr Mann Carolus klapperte empört mit dem Storchenschnabel und rief: »Eine Hexe darf ihren Hexerich keine Minute verlassen! Wo kämen wir denn da hin? In meinem Schloß herrscht Ordnung!«

Als Toscanella mit dem Hexenbesen auf dem Schloßhof landete, redeten alle auf sie ein. Die Edelfräulein riefen: »Da ist ja die Ausreißerin! Malheur, welch Unglück, ihre Korkenzieherlocken sind ja völlig zerrauft! Das schöne Seidenkleid ist ganz zerknittert!«

Hofmarschall Goldgebiß stellte fest: »Achttausendsiebenhundertachtundvierzig Sekunden hat sich das gnädige

Fräulein von Schloß Edelstein entfernt!« Und er schrieb ein großes Ausrufezeichen in das Schloßtagebuch.
»Unterlassen Sie doch bitte das dumme Geschwätz!« donnerte die kleine Hexe zurück. »Ich habe verdammt schlechte Laune! Wer nicht sein Freßwerkzeug hält, den verhexe ich in einen Laubfrosch! Und der wird vom alten Carolus verspeist!«
Da herrschte augenblicklich Ruhe, und die Edelsteiner zogen sich ängstlich ins Schloß zurück.

Nur Ernest blieb neben Toscanella stehen. Er sagte: »Hexenkönd, Toscanella, öch warte und warte. Wo böst du denn gewesen?«
»Irgendwo und nirgendwo«, antwortete Toscanella patzig. Sie hatte Wut auf alle Welt, vor allem auf sich selbst.
»Wo öst denn das?« fragte Ernest vorsichtig. »Können wör denn nöcht mehr zusammen flögen?«
Toscanella drückte sich mit dem Daumen die Stupsnase platt. Sie sagte: »Ich muß auch mal allein sein und nachdenken.«
»Worüber denn nachdenken?« wollte Ernest wissen. »Wör haben doch alles auf Schloß Edelstein. Böst du etwa nöcht zufrieden? Sag nur, was du dör wünschst. Sofort wörst du es bekommen.«
»Nein!« rief Toscanella Flieg-so-gern, daß die Laubfrösche am Teichufer mit einem Salto ins Wasser sprangen. »Ich bin ganz und gar nicht zufrieden! Brutal! Ein absolut barbarisches Leben ist das!«
Ernest schwieg erschrocken; dann schrie auch er: »Undankbar! Jawohl, Sö sönd undankbar! Haben Sö vergessen, wo Sö hergekommen sönd! Sö waren schmutzig wie öhr Schwein! Und Sö konnten nöcht einmal drei und drei zusammenzählen!«
Toscanella stemmte die Hände in die Hüften. »Daß ich mich nicht dumm und dämlich lache! Drei und drei ist sieben!

Das weiß doch jedes Hexenbaby!«
Ernest lachte und zeigte seiner Verlobten einen riesengroßen Vogel. Er rief: »Nie und nömmer! Drei und drei öst nämlöch sechs!«
»Hexenpech mit Spinnenspucke!« fluchte Toscanella. »Sieben, sage ich! Sieben und kein bißchen mehr oder weniger!«
»Sö sönd streitsüchtög, Toscanella Flieg-so-gern!«
»Was soll ich sein?! Dumm, häßlich, schmutzig, streitsüchtig! Jetzt reicht's mir aber, zum Donnerwetter!«
Und die kleine Hexe holte aus und gab ihrem Verlobten eine Ohrfeige, daß es krachte, als hätte der Kanonier die Schloßkanone abgefeuert.
Ernest hielt sich die feuerrote Wange und stotterte entsetzt: »Auaaa . . . Das öst ja fürchterlöch . . . Toscanella, du – Sö – Sö haben mör eine Ohrfeige gegeben . . .«

Die kleine Hexe war über sich selbst erschrocken. Sie sagte: »Na entschuldige nur, Herr Baron. Du kannst einem aber auch die Wut in den Bauch bringen. Ihr feinen Edelsteiner geht mir manchmal total auf den Geist.«
Ernest schwankte und stöhnte. »Öch glaube, meine Wange schwöllt an – sie öst ganz heiß – und schwöndlög öst mör auch . . .«
»Du wirst nicht gleich sterben, Ernest. Nun hör auf mit dem Gejammer. Ich habe ja schon gesagt, daß es mir leid tut.«
»Sie können söch einfach nöcht benehmen, Toscanella. Sie werden nie so vornehm wie Prönzessön Graziella Eleganzia.«
»Rutschen Sie mir doch den Hintern hinauf!« schrie Toscanella. Sie rannte in ihr Zimmer, sprang in das Himmelbett und zog sich die Bettdecke über die Ohren.

Hofmarschall Goldgebiß hatte den Streit zwischen Toscanella und Ernest belauscht. Er rannte in den Thronsaal, wo Carolus und Schwanhilde gerade Hexentee tranken. Goldgebiß verbeugte sich, daß seine Stirn auf den Fußboden knallte, und berichtete: »Fräulein Toscanella Flieg-sogern hat unsern allergnädigsten jungen Herrn Ernest mit einem Kinnhaken k.o. geschlagen! Ich befürchte, das gnädige Fräulein vergißt völlig ihr gutes Benehmen!«
Ernests Eltern beratschlagten, was zu tun sei. Sie stritten ein bißchen. Schließlich einigten sie sich darauf, daß hier nur noch ein kräftiger Zauber die Schloßordnung wiederherstellen könne.
Frau Schwanhilde piekte sich mit einer Haarnadel in die Fingerspitze und ließ einige Blutstropfen in ihren goldenen Becher fallen. Sie reichte den Becher ihrem Mann, und Carolus spuckte hinein. Der Hexenmeister klapperte mit dem Storchenschnabel, wedelte mit den Flügeln, stellte sich auf das linke Bein und sprach:

»Blut und Spucke, Mäusedreck,
dazu ein bißchen Bärenkot,
bringen alle Sorgen weg,
das weiß nun jeder Idiot.
Doch eines weiß nur ich allein,
man muß schon kräftig schütteln,
nun meinen Zauber noch hinein:

*Krickse-krackse, hicke-hacke, jeminee!*
Jetzt gibt's nichts mehr zu rütteln.«

Sofort brachten die Edelfräulein Toscanella in den Thronsaal. Die kleine Hexe wehrte sich, aber nun wurde sie von den Kammerdienern festgehalten.
»Was wollt ihr von mir?« rief Toscanella wütend. »Ich will euch alle nicht mehr sehen!«
»Schlucken Sie das«, sagte Carolus vom Edelstein und reichte ihr den goldenen Becher.
»Niemals!« wehrte sich Toscanella.
»Aber immer!« befahl Frau Schwanhilde.
Während die Kammerdiener und Edelfräulein die kleine Hexe umklammerten, flößte der Hofmarschall ihr den Zaubertrunk ein. Sie mußte schlucken, ob sie wollte oder nicht.
»Pfui Spinne!« schrie Toscanella. Sie wollte gerade mächtig toben, da begann schon der Zaubertrunk zu wirken. Die kleine Hexe fühlte sich steif und eckig werden. Ihr wurde es ganz kalt und eng.
Und dann machte Toscanella einen tiefen Knicks vor der Hofgesellschaft und sagte mit fremder Stimme: »Entschuldigung, meine verehrten Herrschaften! Verzeihen Sie bitte mein ungehöriges Benehmen. Das soll nie wieder vorkommen.«
»Na also«, sagte Carolus vom Schloß Edelstein zufrieden. »So gehört sich das.«
Die Dienerschaft klatschte begeistert in die Hände. Der Hofmarschall schrieb in das Schloßtagebuch: *Fräulein*

*Toscanella Flieg-so-gern wurde durch einen Zaubertrunk von ihrem schlechten Benehmen geheilt!*

Ernest nahm Toscanellas Hand und fragte: »Öst alles wieder gut? Böst du wieder mein Wuschelbuschel?«

»Iesch liebe diesch«, sagte Toscanella so vornehm wie Prinzessin Graziella Eleganzia. Aber sie zitterte vor Kälte. Auch als Ernest sie küßte, wurde ihr nicht wärmer.

Die kleine Hexe stolzierte steif wie eine Puppe durch das Schloß. Sie sagte nur noch »bitte schön« und »danke schön«. Vor jedem machte sie einen Hofknicks und entschuldigte sich, ohne zu wissen, wofür. Es ging eine Kälte von ihr aus, daß mitten im Sommer das Schloß beheizt werden mußte.

Soviel Vornehmheit war selbst den Edelsteinern zuviel. Der Schloßherr fragte sich, ob er vielleicht zu kräftig in den Zaubertrunk gespuckt hatte. Er befahl den Schloßbewohnern, sich im Thronsaal zu versammeln. Dann ließ er vom Hofmarschall Toscanella Flieg-so-gern rufen.

Die kleine Hexe kam sogleich angetrippelt, knickste und piepste: »Entschuldigung.« Dann stand sie, als wäre sie aus

Marmor. Ernest wollte sie an der Hand fassen, zuckte aber vor der Kälte zurück.
Frau Schwanhilde meinte: »Die Kleine ist bleich wie saure Milch. Sie wird wohl nie wieder lachen können.«
Ihr Mann klapperte: »Wenn Sie doch einmal einen Augenblick schweigen könnten, liebste Schwanhilde.« Er wandte sich zu Toscanella und sagte: »Möchten Sie uns nicht selbst erklären, warum Sie so – so kalt sind?«
Die kleine Hexe knickste dreimal. »Entschuldigung, pardon, tut mir leid.«
Frau Schwanhilde flüsterte: »Ich sage doch, sie sagt nichts. Da muß man doch selber etwas sagen, damit überhaupt einer was sagt. Ich möchte also sagen . . .«
»Ruheee! Die Frau bringt mich noch um! Sie klappert mit ihren Lippen schneller als ich mit meinem vorzüglichen Storchenschnabel . . .«
»Himmel, Carolus, so brüllen Sie doch bitte nicht wie ein Ochse.«
»Aber man muß doch etwas tun!« rief Carolus. »Sonst erfrieren wir alle noch auf Schloß Edelstein!«
Der Schloßherr führte Toscanella seine Hexenkünste vor, um sie aufzuheitern. Er verwandelte sich in allerlei Tiere, in einen Wasserfall, einen Regenbogen, in das Kraut Nieswurz und sogar in einen Menschen, der rief: »Ich bin der Größte, ich bin der Größte . . .«

Da mußten alle lachen, nur Toscanella nicht. Nun nahm der Hexenmeister wieder die Gestalt eines Storches an, verschluckte einen Laubfrosch und rülpste.
Schwanhilde rief: »Sie Schwartentier, Carolus.«
»Aber wenn es doch so gut geschmeckt hat, liebste Schwanhilde.«

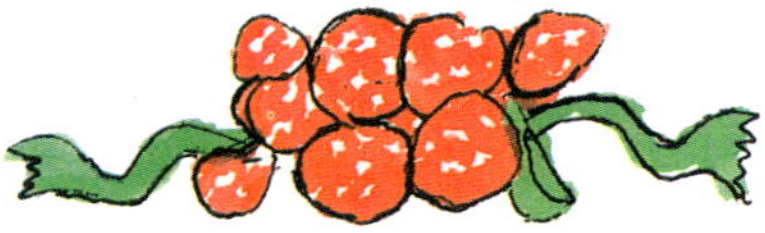

Ernest war ganz betrübt über Toscanellas Veränderung. Er schenkte ihr den schönsten Fliegenpilzstrauß und ein Faß voll Hummelhonig. Er erzählte ihr Geschichten, die er sich aus dem alten Lindenbaum holte. Immer wieder fragte er, wie er Toscanella helfen könne. Aber die kleine Hexe zuckte nur mit den Schultern und schüttelte den Kopf.
Toscanella wurde von Tag zu Tag bleicher und schweigsamer. Schließlich sagte sie nicht einmal mehr »Entschuldigung«. Selbst als Prinzessin Graziella Eleganzia mit ihrer siebenspännigen weißen Kutsche im Schloßhof vorfuhr und sich in einem Saal neben Ernests Zimmer einquartierte, blieb Toscanella gleichgültig.
Die kleine Hexe wollte nur noch allein sein. Am liebsten saß sie auf der Turmspitze und blickte in die weite Ferne.
Eines Tages erschallte das Posthorn der Schneckenpost. Und Toscanella bekam einen Brief aus New York.

Der Brief war von Toscanellas Eltern. Die kleine Hexe ließ ihn sich von ihrem fetten Schwein Schlacht-mich-nicht vorlesen:

»Du liebes Kind, wir grüßen Dich
und wollen uns mal melden,
hoffentlich hast Du keinen Sonnenstich,
und laß Dich nicht erkälten.
Wir sind hier in Amerika
für unsere Kunst gibt's viel Hurra,
die Welt ist schön, die Welt ist weit,
wir sind zu jedem Spaß bereit.
Liebes Kind, Du mußt uns bald besuchen,
wir warten und werden eine Reise buchen.
Viel Hexenpech und alles Liebe
von Deinen Rabeneltern.«

Toscanella und Schlacht-mich-nicht schnupperten an dem Brief. Er roch aufregend nach Unbekanntem und Abenteuern. Immer wieder las die kleine Hexe ihn.

»Du, Schlacht-mich-nicht«, sagte Toscanella. »Mir wird plötzlich so warm – so heiß.«

»Na endlich, Toscanella.« Das Schwein stöhnte erleichtert. »Ich dachte schon, ich muß dich einmotten und in den Schrank hängen.«

»Ach, ich möchte wieder einmal fliegen«, sagte die kleine Hexe. Sie dehnte sich und streckte sich. »Mir den Wind um die Nase wehen lassen. Verstehst du das?«

»Ich bin doch kein dummes Schwein«, sagte Schlacht-mich-nicht. »Natürlich verstehe ich dich.«

Es war später Abend. Toscanella Flieg-so-gern lag in ihrem Bett. Sie hörte Schlacht-mich-nicht im Bett nebenan sagen:

»Ich bin nicht klein,
aber mein Herz ist rein,
nur am Fuß klebt Dreck,
der geht nicht weg.
Ach, du lieber Gott,
ich bin ein Schwein,
so laß es mich doch wieder sein.«

»Du kannst wohl nicht schlafen, Schlacht-mich-nicht«, sagte die kleine Hexe.

»Kein bißchen. Mich kribbelt und krabbelt es überall: am Rüssel, hinter den Schweinsohren, im Bauch und sogar unterm Schweineschwanz. Das finde ich doch wirklich sehr übertrieben.«
»Mir geht es genauso«, flüsterte Toscanella. »Ich muß irgendwas tun, sonst werde ich noch total verrückt.«
»Wollen wir Federball spielen?«
»Aber es ist Nacht, Schlacht-mich-nicht. Da muß im Schloß absolute Ruhe herrschen.«
»Als wir noch in unserem Hexenhäuschen hausten, hast du dich um derartige Übertreibungen nicht gekümmert, Toscanella.«
Da sprang die kleine Hexe mit einem Juchzer auf ihren alten Hexenbesen. Sie half dem Schwein hinauf. Und dann ging es ab, mit Gebrause, durch die langen Gänge des Schlosses.
»Weg da, freie Bahn, hier kommen wir mit Affenzahn!«
Die Schloßgespenster Ich-bin-Luft-für-dich und Schaurig-schön sprangen erschrocken zur Seite. Eine Tür nach der

anderen öffnete sich. Die Bewohner von Schloß Edelstein streckten vorsichtig ihre Köpfe heraus. Toscanella lenkte ihren Hexenbesen so dicht an ihnen vorbei, daß sie abwechselnd rot und blaß wurden.

»Das sind Fräulein Toscanella und dieses fette Schwein!« riefen die Edelfräulein. »Jetzt hat das gnädige Fräulein wohl doch wieder unsere gute Erziehung vergessen!«

Der Hofmarschall versuchte, sein Goldgebiß, das er nachts in einem Glas Wasser aufbewahrte, in seinen Mund zu schieben.

Frau Schwanhilde klammerte sich an ihren Mann und verlangte: »Sag doch was, Carolus. So geht das doch nicht. Ich brauche meinen Schönheitsschlaf.«

Ernest war zuerst erfreut über Toscanellas zurückgewonnene Lebendigkeit. Aber als Toscanella immer wilder umherflog, wurde es ihm zuviel. Er rief: »Wö benömmst du döch denn? Das öst unserer nöcht würdög.«

»Los doch! Mach mit!« schrie die kleine Hexe. »Damit endlich was passiert in diesem goldenen Sarg!«

Prinzessin Graziella Eleganzia war aus ihrem Saal gekommen. Ihr Gesicht war bedeckt mit Schönheitspflastern. Auf

den Rücken hatte sie sich einen Stock gebunden, damit sie beim Schlafen auch ganz gerade lag. Sie stellte sich neben Ernest, ergriff seine Hand und sagte: »Oho – lala, Ernest, iesch wärd' niescht wieder.«
Carolus vom Schloß Edelstein klapperte mit dem Storchenschnabel und schrie: »Ruheee! Das ist ein Befehl!«
»Ich lass' mir nichts mehr befehlen!« entgegnete Toscanella. »Jetzt wird Rabbatz gemacht!«
Schlacht-mich-nicht quiekte: »Jetzt wollen wir mal übertreiben, daß die Sülze im Schweinskopf wackelt!«
Und die beiden zischten auf dem alten Hexenbesen durch das Schloß, daß allen Hören und Sehen verging. Die teuren Vasen wackelten auf den Podesten. Die Vorhänge knatterten wie Fahnen im Wind. Aus der Flurdecke regnete es Holzwürmer.
Die Edelfräulein zogen sich die Nachthemden über den Kopf. Der Hofmarschall klapperte mit dem Goldgebiß. Carolus bekam seinen Schnabel nicht wieder zu. Schwanhilde drückte sich die kleinen Finger in die Ohren. Die Prinzessin fluchte »Merde!«, was französisch ist und auf deutsch »Schiet« heißt. Und Ernest rief nur immerzu: »Toscanella, Toscanella! Öch verstehe Sö nöcht mehr!«
Da warf jemand ein Kopfkissen nach Toscanella. Die kleine Hexe schleuderte es zurück – dem Hofmarschall auf die Glatze. Goldgebiß schlug mit seinen Filzpantoffeln um

sich. Die Edelfräulein fühlten sich getroffen. Sie warfen ihre Lockenwickler nach ihm und trafen Frau Schwanhilde. Die nahm ihre große Dose Schönheitscreme und drückte sie den Hofdamen auf die Gesichter. Der Schloßherr bekam auch zwei Portionen auf die Augen. Da schwang er seinen Nachttopf wie einen Diskus und ließ ihn durch die Luft segeln.

Augenblicklich befanden sich die Edelsteiner in einer wüsten Keilerei. Toscanella Flieg-so-gern und Prinzessin Graziella Eleganzia rissen sich an den Haaren, versuchten sich die Augen auszukratzen und die Zehen abzubeißen.

»Na, dich schaff' ich doch, du gepuderte Schneeziege!« rief Toscanella.

»Iesch lasse miesch nieścht unterkriegen!« rief die Prinzessin. Ernest stand händeringend dabei und stotterte: »Nein, da-da-danke. Nein, bö-bö-bötte. Jetzt sönd a-a-alle verrückt gewo-wo-worden.«

Nach einer Stunde lagen alle erschöpft am Boden. Im piekfeinen Schloß sah es aus wie auf einem Schlachtfeld. Jeder pflegte seine Wunden. Und obwohl der Hofmarschall eintausendeinhundertundeinen blauen Flecken zählte, waren alle mit sich zufrieden. Goldgebiß schrieb mit zitternder Hand in das Schloßtagebuch: *Schlacht auf Schloß Edelstein. Revolution niedergeschlagen. Schloßehre gerettet.*

Der nächste Morgen versprach einen goldenen Tag. Gleich nach dem Erwachen rannten Toscanella und Schlacht-mich-nicht auf den Schloßhof. Die kleine Hexe rief: »Ernest, Ernest! Ich muß mit dir reden!«
Ernest trat müde aus dem Tor. »Wollen Sö söch für Öhr unmöglöches Benehmen entschuldögen?« fragte er. »Diesmal wörd nöcht alles so einfach wieder gut.«
Auf dem Schloßturm drängten sich Prinzessin Graziella Eleganzia und Hofmarschall Goldgebiß vor das Fernrohr. Jeder sah mit einem Auge auf die beiden herab.
»So kann es mit uns nicht weitergehen«, sagte Toscanella. »Ich muß weg von Schloß Edelstein.«
»Öch begreife gar nöchts mehr«, sagte Ernest traurig. »Wöllst du etwa wieder zurück ön dein schmutzöges Hexenhäuschen?«

»Ich will wieder fliegen, Ernest! Fliegen! Nicht nur immer ums Schloß herum.«
»Aber wohön wöllst du denn fliegen?«
»Was weiß ich. Mitten ins Blaue hinein!«
»Aber wör haben hier doch alles, Toscanella. Nörgends öst es schöner als auf Schloß Edelstein.«
Vom Turm rief die Prinzessin: »Alloh! Iesch komme jetzt zu dier, Ernest.«
»Ich passe nicht hierher«, sagte Toscanella. »Verstehe doch, Ernest. Ich fühle mich hier wie eingesperrt.«
Prinzessin Graziella Eleganzia breitete ihr Nachthemd aus und schwebte vom Turm.
Ernest senkte den Kopf und fragte leise: »Böst du denn nöcht mehr mein – Wuschelbuschel? Öch meine – löbst du möch denn nöcht mehr?«
Prinzessin Graziella Eleganzia stellte sich neben Ernest und ergriff seine Hand. Sie sagte zärtlich: »Iesch bien bei dier, Ernest. Iesch wußte immer, daß iesch diesch bekomme.«

Toscanella Flieg-so-gern setzte sich mit Schlacht-mich-nicht auf ihren Hexenbesen und sagte: »Na, dann macht's mal gut, ihr beiden.«
»Auf Wiedersehen, Toscanella«, sagte Ernest leise.
»Viel Glück für diesch, Doscanella«, wünschte die Prinzessin.
Toscanella drehte drei Runden über Schloß Edelstein, ließ es Vergißmeinnicht regnen und flog davon. Das Schloß wurde immer kleiner. Sie sah es verschwinden, auch ihr Hexenhäuschen und den ganzen Hexenwald mit seinen Bewohnern.
»Diese Übertreibungen hören ein Leben lang nicht auf«, sagte Schlacht-mich-nicht. »Wohin fliegen wir?«
»Immer der Nase nach!« rief Toscanella.
Und sie sang:

»Das Leben kann schön brutal sein,
aber auch barbarisch schön,
die ganze Welt, die nenn' ich mein,
darf nur nicht auf der Stelle stehn.
Heute will ich lustig sein,
will vergessen alle Pein,
möchte mit den Staren singen,
allen Leuten Freude bringen.
Will auf einem Finger stehen,
weit auf beiden Händen gehen
durch die Luft dorthin geschwind,
wo die meisten Freunde sind.
Ich fliege bis ans End' der Welt,
willkommen: wem's mit mir gefällt.
Heute wollen wir lustig sein,
morgen bin ich vielleicht allein,
übermorgen aber wieder
blüht der himmelblaue Flieder.«